스물다섯살을 반성함

스물다섯살을 반성함

윤제림 시집

창비

차
례

제1부

010   김군에게

012   신무기와 재래식무기

014   소의 얼굴

016   까마귀

018   스물다섯살을 반성함

020   맷돌과 모닥불

022   먼 데서 온 저녁상

024   능소화

026   동백꽃

027   신경림씨의 근황

030   시민 김창수씨

032   신길온천에는 온천이 없다

034   사전선거운동

036   축문(祝文)을 지으려다 그만두고

038   트럭을 타고 온 사람

제2부

042   날이 장히 좋구나, 청아

044   백일홍

045   일곱살과 일흔한살

048   금강산 버스를 기다리며

050   나는 이제

052   초행

054   이모는 약속을 지켰다

056   출생률을 높이는 법

058   아버지는 어떻게 답하셨을까

059   표표히 떠나가는

060   마지막 장면은 오래 남는다

062   의자

063   할미꽃은

064   여름 풍경

066   목련꽃이 피었다

067   시론

제3부

070   해방촌

071   소나무 숲에서

074   산수화는 본디

076   나는 그렇게 들었다

078   아까 그 사람들

080   바람에겐 안됐지만

082   정원이의 스케줄

084   딴 세상과 거래할 일이 있거든

086   매화야, 너는 어이

088   그 새끼, 말 참 이쁘게 했다

090   주의와 협조를 당부함

092   톰처럼 주디처럼

094   맨손체조

096   어린이날에

제4부

100   백년 여관에서

102   산불 이후

103   밤의 공제선

104   태풍 19호

106   오래 걸릴 것이다

107   절경

108   이런 날은

110   윤슬을 보며

111   오래된 직업

112   영랑호에서

113   양

114   천지와 백치

115   하지(夏至)

116   졸곡(卒哭)

117   대설

118   지구인

119   해설 | 김수이

137   시인의 말

제 1 부

김군에게

편지 잘 받았네…… 공연히 고생만 시키는 것 같아서
미안하네. 어른의 한 사람으로서 사과하겠네.
……그러나 나 역시 꼰대.
편지는 안 읽고
자꾸 교정을 보네그려. 이런, 이런……
맞춤법 띄어쓰기 좀 유의하기를……

……아, 그러나 이건
차마
틀렸다 못하겠네.

"……일해라 절해라 시키기만 해요."

나쁜 사람이군.
'이래라 저래라' 방법도 방향도 이르지 못하면서
'일해라' '절해라' 명령만
되풀이하는 그 사람.

"……그 사람한테 말했어요. 저한테 함부로

일해라 절해라 하지 마세요."

잘했네, 김군.
젊음이 공화국인데 누구 명령을 듣겠는가.
청춘이 사원(寺院)인데
누구한테 경배하겠는가.

일도 절도
자네가 주인이라네.

신무기와 재래식무기

1

미안하다 모기여,

너는
여전히 당당하게 소리치며,
일대일로 붙어보자며
칼 하나 입에 물고
날아오는데

나는 더이상 손바닥에
피를 묻힐 생각이 없다
지금 내 엄지손가락은
최신 무기 버튼 위에
얹혀 있다

발사 준비
완료!

2

어린 파리들이여 들어라
겁먹을 필요 없다
파리채는 그리 날래고
용맹스러운 것이 아니다
보아라, 번번이 허공을 가르는
저 오래된 무기의
권태

그러나 잊지 말아라
사랑도 공포도 모르는
인간의 신무기가 끊임없이
개발되고 있음을

앗! 바로 이거다······ 으아 ─ 악

소의 얼굴
만해축전에 부쳐

꿈에 소떼를 보았습니다. 주인 잃은 소들입니다. 소를 잃고도 찾지 않는 사람들, 잃고도 잃은 줄도 모르는 사람들의 소. 백마리 천마리 소가 사람을 보고 알은체를 하는데 사람이 소를 알아보지 못합니다. 소를 찾는 사람이 소의 얼굴을 모릅니다. 소의 이름을 모릅니다. 사람이 워낭 소리를 내며 소걸음으로 돌아갑니다.

선생님, 백년 전 우리가 잃은 것은 나라 하나였는데 오늘은 열가지 백가지를 잃고 삽니다. 가난만 잃었으면 좋은데 수줍음과 부끄러움을 잃었습니다. 갓과 두루마기만 벗어놓은 줄 알았는데 사람과 하늘을 섬기는 법까지 두고 왔습니다. 풍진 세월의 낯빛은 변함없는데 산빛 물빛은 날아가고 흘러갔습니다. 우리가 이 먼 객지로 나온 다음 날 소들은 더 먼 외지로 떠나갔습니다.

소들은 지금 어디들 모여 고향을 그리워할까요? 이름을 적어봅니다. 하나둘 불러봅니다. 선생님 말씀처럼, 우주는 소리치면 다 들리는 곳! 백 사람 천 사람이 외치면 저 들판 끝 어디선가 우우우, 우리가 두고 온 소떼가 나타날까요? 그

옛날 저녁 강둑을 울리던 붉은 울음이 사랑과 자유의 메아리처럼 앞산 등성이를 넘어올까요? 소의 얼굴을 볼 수 있을까요? 만해 선생님.

까마귀

저놈은 비둘기처럼 징징대지 않고
까치처럼 눈치도 살피지 않고
날이 밝으면
곧장 이리로 달려온다

머리를 곧추세우고
전봇대 높이 앉아서 두 눈 부릅뜨고
단도직입, 새카만 구호를
내리꽂는다

요구가 뭘까? 무얼 내놓으라는 것도 같고
무언가 사죄하라는 것도 같은데,
여남은 식솔까지 끌고 온 걸 보니
쉬이 끝날 시위가 아니다

귀를 바짝 세우고 들어볼밖에!
언제 적 빚인지
무슨 약조를 받고 싶은지

필경 어제오늘 일은 아닐 터,
까마귀와 나의 문제만도
아니겠다

스물다섯살을 반성함

1

스물다섯살, 카피라이터 일할 때 농약 광고 많이 만들었
지. 아직도 잊히지 않는 상표 ── 고올, 키타진…… 배추 한
포기 키워보지 못한 사람이 흰소리를 막 했다네. 잡초와 해
충을 말끔히 없애준다고, 일등품 수확을 약속한다고. '밝아
오는 농어촌' 그런 프로에 날마다 광고를 했네. 박수를 받았
네, 카피 잘 쓴다고.

2

농부들 곧이듣고 콩밭에 파밭에 마늘밭에 고추밭에
배밭에 사과밭에…… 흘리지 말고 먹어라
흠씬 뿜고 뿌리고 듬뿍 쏟고 부으며
풍년을 그렸을 거야

이 나라 순박한 흙과 나무들, 순순히
들이켜고 마셨겠지, 풀도 나무도
저 죽는 약이란 걸 알면서도
가만히 머금고 삼켰겠지
농사가 딱해서

농부가 가여워서

"우리에게 약 먹인 자가 저기 간다"
저무는 국도 변 저수지 둑길
늙은 전답, 검버섯 들판이
목덜미를 잡네

여전히 농약병 구르고 검은 비닐 날리는
농수로 다리 위에 차를 세우고
나, 참회의 문장을
땅에다 묻네

용서하십시오, 죽는 약인 줄 몰랐습니다
나도 죽는 줄 몰랐습니다

맷돌과 모닥불

평양 출신의 구십 노인과 점심을 먹었다

"윤형은 음식 가리는 거 없소?"
"저는 솥에 들어갔다 나온 건
다 잘 먹습니다"
"기래? 기런 사람을 우리 고향에선
약방집 맷돌이라구 기래"
"무슨 뜻이지요?"
"생각해보라우, 한약방 맷돌에
안 들어가는 거이
무어 있가서?"

용금옥 추어탕을 먹고 돌아오는 길,
북녘 시인의 시 「모닥불」이 생각났다

　　새끼오리도 헌신짝도 소똥도 갓신창도 개니빠디도
너울쪽도 짚검불도 가락잎도 머리카락도 헌겊 조각도
막대꼬치도 기와장도 닭의 짖도 개터럭도 타는 모닥불

백석이 내게 물었다

"모닥불에
안 들어가는 거이
무어 있갓네?"

먼 데서 온 저녁상

식당 종업원들이 늦은 저녁을 먹고 있다
푸성귀 일색, 온통 초록의 밥상이지만
하도 맛있게들 먹어서
시킨 것 물리고
나도 그 상에
끼여 앉고 싶다

상추쌈 한입 아주 커다랗게 욱여넣던 여자가
내 상을 차린다
국과 밥과 찬 사이에
먼 데 말씨도 내려놓는다

이 사람이 떠나온 곳을 짚어본다
이 사람이 두고 온 고향
밥상과
지난 세기, 거기서 고생하던 사람들의
개다리소반 같은 것을
생각한다

저녁이 참 먼 데서 왔다

누가 보냈을까
내 저녁상을 차려주러
흑룡강에서
사람이
왔다

능소화

지금은 종로 복판까지 와서 눈 크게 뜨고 앉아 있는
전봉준 저 사람, 다른 얼굴은 처음부터 없었다

어느 시절이든 누구 하나는
저런 얼굴로 살고
죽어도
저런 눈으로
죽을 일이다

목은 허공에 내걸려도
눈빛은 하늘을 찢고, 급기야
비 내리는 황톳길로
저승사자도 슬금슬금
무릎걸음으로 와서는
끝내 절하며 모셔 갈 터

보게나,

이놈! 소리치며

가마에 오르는

저 눈

동백꽃

「순이 삼촌」의 소설가 현기영 선생께 물었다
"왜 해병대에 가셨어요?"

"4·3 지나고 한라산 밑에 살자면
그게 제일 좋은 광고였지
저 집은 빨갱이 아네요,
아들이
해병대 갔어요"

동네 형 좋아서
삼수
영구
수철이
기복이도
갔을 것이다

뒷집 동백이 앞집 동백을
따라서 피듯이

신경림씨의 근황

영화감독 앨프리드 히치콕씨는
자신의 영화에 빈번히 등장했다
행인, 반려견과 상점을 나서는 노인,
버스를 놓친 신사,
주인공과 부딪칠 뻔한 기차 승객,
신문광고 사진 속 뚱뚱한 사내……

중절모에 불룩한 배,
은행 금고처럼 육중한 몸과
무표정의 그 남자를 알아보듯 금세
신경림씨를 알아차리긴 어렵다

어두워지는 살미면 강가 주막에
그가 있었다
늙은 버드나무가 저녁 해를 배웅하는
마당 끝 평상에 앉아 두 사람이
새뱅이찌개에 술을 마시는 장면이
박수근 그림 같았다

이 고장 말씨가 가을 물소리처럼 간간이
귀에 와 걸렸다
목소리로 얼굴을 읽었다
오래전에 죽은 내 당숙과
신경림씨였다

뜻밖이었지만 놀랄 일은 아니다
시인의 실루엣부터가 히치콕씨처럼
허공에 도드라지지 않고
작품 속 인물들과 다를 데가 없으니
카메오로 나온들
알아볼 사람이 몇이나 되랴

신경림씨는 요즘 지상에 놓고 간 자신의
시 속 풍경을 자주 드나드는 중이다

『농무』부터 시작이겠다

곽 속에 들어도 잊히지 않는 일들이

아무래도 그 안에
제일 많이 들었지 않겠는가

시민 김창수씨

김연수 명창은 판소리 한바탕의 끝을 으레 이렇게 맺었다

　"고수(鼓手) 팔도 아플 것이오,
　김연수 목도 아플 지경이니
　어질더질*"

남산공원 백범 동상이 비슷한 이야기를 하는 걸 들었다

　"누가 날 좀 지상으로 내려다오
　나를 올려다보는 사람들 목도 아플 것이오,
　김구 팔도 아플 지경이니"

평생 누구도 내려다본 일 없는 시민 김창수씨를
높다란 돌 받침 위에 외로이 올려 세운 것은
잘못한 일이다
허공중에 한 팔을 치켜들고 있게 한 것은
송구한 일이다

서울 시민 김창수씨는

해방 조국의 공원

긴 의자에 앉아

뺑덕어미나 곽씨 부인이 건네는 인절미를 먹으며

소풍 나온 향단이 이야기를 듣거나

남대문시장 길 계단참에서

딴사람 된 흥부의 형과

은퇴하여 시민으로 돌아온 변학도씨와

담배 한대 나누어 피우기를

소망했다

* 판소리를 마칠 때 쓰는 말로, '더질더질'이라고도 한다.

신길온천에는 온천이 없다

1

지하철 4호선 신길온천역이 온천도 없으면서
굳이 저런 이름표를 달고 있는 것은

길손 불러 앉혀서 선뜻 들밥을 나누고
낯선 짐승 쉴 자리도 보아주던 옛 마을이
사뭇 그리워서다
갯것 비린 것 아낌없이 실어다주던
서쪽 바다에 허리를 굽히고
소금밭에 기우는 해에도 큰절하던 때가
눈에 밟혀서다

2

안산 신길온천역이 온천도 없으면서
역명을 바꾸지 않는 것은

날개가 상한 학이나 다리를 다친 노루가
아무 일도 없던 것처럼
어느 새벽안개 속으로

홀연 날아오르고
가던 길로 명랑하게 다시금 내닫는 장면을
기다리는 까닭이다

거기엔 필시 매끄러운 물이 솟고
모락모락 아지랑이가 피어오를 터,
이 고장 사람들과 이제는 어느 나라에서 왔느냐
물을 필요도 없어진 사람들이
저마다 다른 낯과 살갗을 스스럼없이 드러내고
한데 벗고 앉아서 더운 김을 나누며
뜨거운 생명의 물을
온몸에 바르고 마실 날이 올 것을
믿기 때문이다

사전선거운동

늘그막의 카롤 보이티와*가
이런 말을 했다
"내가 교황이 될 줄 알았으면
젊은 날에 좀더
열심히 살았을 것이다"

세상에! 어떻게 더 열심일 수 있었을까
폴란드 청년 보이티와는
채석장에서 돌을 캤다
시를 썼다
연극을 했다
신학 공부를 했다
레지스탕스로 싸웠다

지금은 백살도 훨씬 넘었을 보이티와는
스무살 시절보다 더 부지런히
살고 있을 것이다
다시 지상에
불려 갈지 모른다면서

전직 교황도 천국에서는 그저 평범한
노동자라면서
시민이라면서

만국의 추기경들이여,
어느 날 콘클라베 투표용지에
이 젊은이 이름이 보이면
망설임 없이
표를 던질 일이다

이튿날 아침
부활절처럼 아주 명랑하게 피어오르는
하얀 연기를 볼 것이다
요한 바오로보다 더 좋은 요한 바오로가
내려올 것이다

* 요한 바오로 2세(1920~2005).

축문(祝文)을 지으려다 그만두고
강민 시인 5주기에

몇 말씀 올립니다, 그냥

남은 자가 앞서간 사람의 산소나
제상(祭床) 머리에서
"당신이 바라던 세상이 왔습니다"
그렇게 말하지 못하고

음복이나 하고
허청허청 돌아오는 밤길의
답도 없는 바람결을
아시지요?

……그간에 학전도 없어지고, 대한극장도
문을 닫았습니다
아, 그건 당신의 막역지우 신경림 시인과
뒤따라간 김민기씨한테
들으셨을 테지요

더 드릴 말씀이……

없습니다

내일 아침엔 바닷가에 나가
끊어진 방파제를 살펴야겠습니다

트럭을 타고 온 사람

1

그해 오월 광주 사진에는 부처님 오신 날
광고탑과 현수막이 보인다

오셨을까? 안 오셨을까?

의견은 둘로 갈릴 것이다
— 오셨다면 그 난리가 났겠어요?
— 오셨어요,
    제 두 눈으로 똑똑히 봤어요

2

사실은 이렇다, 그분은 다녀가셨다

황금 가사는 무등산 깊숙이 숨겨두고
서둘러 변복을 하고
머리띠를 두르고 총을 잡았다
당신이 본 사진 속
그 사람이다

웃통을 벗어부치고 깃발을 흔들었다
피 묻은 청년을 들쳐 업고 내달렸다
가두방송을 하고 구호를 외쳤다
당신이 들었던
그 목소리다

겨우 총성이 멎고, 집으로 혹은
다른 세상으로
모두 흩어지고 난 아침엔
비를 들고 광장을 쓸었다

    3
여러 큰절에서 연꽃 처소를 마련해놓고
서로 모셔 가려 했으나
그는 너릿재 넘어가는 트럭을 타고
굳이 이 골짜기에 와
누웠다
화순 운주사

장씨 이씨 박씨 최씨도 따라와 말없이
앉고
서고
누웠다

그해 부처님 오신 날에는
부처님이 많이 오셨다

제 2 부

날이 장히 좋구나, 청아

청이가 인당수 가던 날이 꼭
오늘 같았어요
아버지

뱃사람들이 고르고 골라 받은 날이라
바닷길도 쉬이 열리고
바람도 착하고 온순해서
천지간에 교신도 잘 되더래요
뱃머리 오색 깃발과 소녀의 붉은 댕기가
용궁에서도 훤히 보이고
도화동 닭 우는 소리가
늙은 사공 귀에도
또렷이 들리더래요

더는 못 볼 것 같던 하늘을
다시 못 볼 줄 알았던 아버지와
함께 보네요

청이가 인당수 가던 날

하늘이

꼭

오늘 같았어요

아버지

백일홍

옛날엔

백일도
못다 살고
가는
아이가
흔했다

대개는

살러 온
사람이 아니라
지나가는
사람이었다

일곱살과 일흔한살

추사 약전(秋史略傳)

봄이 저 혼자 일어서서 아장아장 걷기 시작하는
입춘 날, 어느 집 대문에
글 한쪽 나붙었는데요.

입춘대길 건양다경, 좋은 일 많이 생기고
하늘땅 두루 태평하시라는 말씀,
행인들마다 놀란 얼굴로
한마디씩 하고 가더래요.
"일곱살짜리 글씨라네!"
출근길 채제공 대감도 덕담을 했다지요.
"크게 될 아이로다."

그리고 얼마나 많은 봄이 물결처럼
흘렀을까요.
일곱살짜리도 칠십이 넘어
세상 떠날 채비를 하는데,
한강 변 어느 큰절이 집 한채 새로 짓고
글씨를 청하기에 써주었다지요.
'판전(板殿)'

추사 글씨라는데, 문화재라는데
그냥 지날 사람 있겠어요.

"아픈 몸으로 썼다는군."
"마지막 작품이라지."
"에이, 일곱살짜리 글씨 같은데, 뭐."

제 생각은요, 편액 뒤쪽에
앞으로 얼마나 더
시간의 멀미를 견뎌야 할지 모를
아득한 약속이
적혀 있을 것만 같아요.

　"저녁 어스름, 집으로 돌아가는
　어린 마음이라서
　일곱살 기력을 붓끝에 겨우 모아
　바삐 썼다오.
　언젠가 다시 와서

새로 써드리리다.

당분간
그냥 걸어놓으시길."

금강산 버스를 기다리며

이 산 저 산 눈이 부셔서
노루, 멧돼지, 까마귀, 뱀…… 만폭동 각색 짐승들
지그시 찌푸린 눈만 연방 끔벅거리고 앉았는데

저이는 언제 왔을까,
평생 고려를 흉보던 소동파가
바둑돌 쥔 손을 빙빙 돌리며 멋쩍게 웃고
만물상 다 그려놓고 붓을 빨던 김홍도는
엄지손가락을 곤추세웁디다

이 산에서는 나무꾼도 선녀 색시를 얻고
엿장수도 도인이 된다는 말에
많이들 홀렸습지요
제 임무도 까맣게 잊어버린
용궁 공무원 별주부가 남생이와 살림을 차리더니
아주 눌러앉아버립디다

복숭아를 품에 안은 동자가 구름 자욱한 돌길로
호랑이를 타고 사라지는 장면에

흘림체로 자막이 뜹다

원생고려 견금강산(願生高麗 見金剛山),
고려에 태어나서 금강산을 보기를

댁도 그 광고 보고
예까지 오셨군요
아, 그러고 보니 낯이 익은 것도 같고……
금강산 버스가
언제 올까요?

오긴 올까요?

나는 이제

몇년 전에 엄마를 그쪽으로 부쳤다
그쪽이 시키는 대로
아주 작고 가볍게 만들어
날려 보냈다

엄마는 무사히 도착한 모양이다
올봄엔 그쪽이 나한테 선물을 보내왔다

아기 바구니였다
크기도 무게도
내가 보낸 상자와
비슷했다

나는 이제
하늘을 의심하는 사람들에게
이렇게 말해줄 참이다
"저쪽 사람들 믿을 만하다,
받기만 하지는 않는다"

사람이 알에서도 나오고
상자에도 담겨 왔다는 옛이야기도
나는 이제
굳게 믿는다

초행

칠거덩, 램프가 모두 닫히면
이륙하는 비행기처럼, 출항하는 카페리처럼
왼쪽 오른쪽 귀가 모두 닫히면
지체 없이 뜰 것이다

배웅 나온 사람들 끝인사가 물속처럼
먹먹할 것이다

기체라 해야 하나 선체라 해야 하나
내남없이 초행의 여행자들,
안내 방송이 있을 테지
FM 라디오 심야 프로 시그널 같은
음악이 깔리며

기장이라 해야 하나
선장이라 해야 하나
금테모를 쓴 자가 마이크를 잡고
아직은 사람 흉내나 낼 뿐인 우리를
얼어붙게 수도 있고

배꼽을 잡게 할 수도 있을 것이다

어쩌면 되돌아오는 방법까지
슬며시 흘릴지 모른다

알아들을 수 있는 말이면 좋겠다,
동행도 없으니

이모는 약속을 지켰다

"자리 잡으면 연락할게"

먼 길 떠나는 사람들이 곧잘 던지고 가는
이 약속은 잘 지켜지지 않는다
영 소식이 없으면 아직도 자리를 못 잡았거나
아주 잊어버린 까닭이라 생각하자

제법 잘 지켜지는 약속도 있다

"먼저 가보고 좋으면 부를게"

삼년 전에 저세상으로 간 언니가
자꾸 부른다며, 엄마가 먼 길을 갔다
혼자 갈 수 있다며
언니가 마중 나오기로 했다며
새벽길을 갔다

이모는 약속을
지켰다

좋으니까 불렀을 것이다

출생률을 높이는 법

미니시리즈가 어떻게 끝나는지 보고 가려고
자꾸 뒤돌아보며 가고 있을 사람들을 위해
트로트 배틀의 최강자를 알고 가려고
뒷걸음으로 멈칫거리고 있을 사람들을 위해

장례와 장묘 관련 시설 곳곳에
국제공항 수준의 방송설비를 갖춰주세요
더 멋진 장면을 품고 가도록
여운과 잔상이 쉽게 가시지 않도록

출생률을 올리는 쉬운 방법 하나는
떠나는 사람을 서둘러 돌아오게 하는 것

프로야구 한국시리즈 우승 팀과
주식시세가 궁금하고
좋아하는 가수의 안부와 신곡과
그가 광고하는 라면 맛이
궁금해서!

망자들이여,
혼자 오지 말고
그새 사귄 친구들도 많이
데려오시길

아버지는 어떻게 답하셨을까

1932년에 지구를 어떻게 알고 오셨습니까?
①주변의 권유 ②광고 ③기행문 ④홍보영화
⑤기억나지 않음

지구에서 즐거우셨습니까?
①매우 그렇다 ②그렇다 ③그저 그렇다 ④아니다
⑤전혀 아니다

기회가 되면 지구에 다시 오시겠습니까?
①매우 그렇다 ②그렇다 ③그저 그렇다 ④아니다
⑤전혀 아니다

잊을 수 없는
지구인
꼭 한 사람만 꼽는다면?
(   )

표표히 떠나가는

등장인물 한 사람이 조용히 퇴장했다. 심야에 119를 불러 타고 무대 밖으로 아주 나가버렸다. 내 인생행로의 갈림길마다 길을 가리켜주던 중요한 인물이 예고도 없이 빠진 것이다.

남은 사람들 모두, 대사는 적었으나 작별의 인사는 그윽했다. 당신으로 인하여 스토리 전개가 느려지고 느슨해지긴 했지만, 덕분에 봄날의 노들강변 소풍객처럼 평화로웠다면서 흐느꼈다.

우이동 솔밭 풍경은 더이상 나오지 않는다. 컷백으로 끊임없이 반복되던 회상 장면도 볼 수 없을 것이다. 나는 이제 서부영화에서 배운 것처럼, 표표히 떠나가는 자의 가는 곳이 남는 자의 세상보다 당연히 멋지고 행복할 것이라고 믿기로 한다.

술을 사리 가야겠다. 내 인생에서 사라진 등장인물과 줄어든 내 배역을 위하여 여러잔을 마셔야겠다. 그가 떠남으로써 나 또한 해고되었으니.

마지막 장면은 오래 남는다

조금 있다가 내가 죽거든
어디 가서 쓸 만한 널빤지나 한 장
구해다주시게
나 거기 눕겠네
즐겨 입던 바지저고리를 꿰어주고
두루마기를 덮어주게나
관일랑 쓰지 말고, 수의도 짓지 말고

자네 혼자 지게에 지고 가면 좋겠지만
아무래도 버겁겠지
누구를 오라 할까
들것을 쓰자면 한 사람 더,
어깨에 메자면 바쁜 동무들도
몇은 불러야겠지

부탁하노니, 이미 틀린 목숨 놓고
뺨 때리지 말고 멱살 잡고 흔들지 말고
너는 안 죽어,
죽게 버려두지 않을 거야

나하고 같이 고향에 가야지…… 따위
누아르 영화 대사
읊어대지 말게나

눈치챘는가, 나는 지금 그 사람의
마지막 장면을 흉내 내고 싶은 것이네
길상사 비구*의
라스트신

상자 속에 들지 않고 나무판 위에
걸치던 가사 한 자락 덮고
태연히 누워서
보던 산과 하늘 끝까지 보고

쓰던 몸 하나로 완성된 무덤을 보이며
성북동 비탈을
눈 감고도
내려가는

* 법정(法頂, 1932~2010).

의자

저승 공무원들은
우리 생각보다 점잖아서
주막에 들어간 주인을 기다리는 노새처럼
말없이 서 있다

그렇다고 미안해할 것까진 없다

바람에게 의자를 권하는 것은
불가능한 일*이므로

그래도 우리,

저 버드나무와 함께 늙어가는
철제 의자는
그냥 비워두는 것이
어떻겠는가?

* 에밀리 디킨슨 「바람이 지친 듯이」.

할미꽃은

또 고개를 숙인다 허리를 굽힌다

할미가 해줄 게 없어
미안하구나

여자는
죽어서도 사과를 한다

딸에게도 같은 말을
벌써 여러번 했을 것이다

에미가 해준 게 없어
미안하구나

예수도 석가도 가끔씩은
기별도 없이 안 오는데,

저 노인은 올해도 왔다

여름 풍경

안씨 할머니는 오늘도 만천하에 금년 계획을
다시 한번 공개했다

······올해는 꼬옥
　　　　　　저쪽으로
　　　갈란다······

아무도 귀담아듣지 않고
바람의 조무래기 하나 오지 않아서
소식은 멀리 가지 않았다

냇가의 실버들조차 흔들리지 않았다

평상 밑에 엎드려 자던 고양이가 잠깐
눈을 떴다 감으며
고양이 말로 뭐라고 중얼거렸을 뿐,
매미만 이유 없이 울고
달맞이꽃도 역할을 잊은
한낮,

뭉게구름도 온종일 한자리만 지켰다
일본 만화영화처럼

목련꽃이 피었다

기섭이*가 학교 왔다

모여라, 그간에 무슨 일이 있었는지
물어보자

나무의 언어로 답할 테지만
알아들을 수 있을 것이다

기섭이가 학교에 왔다,
애들아

* 시인 신기섭(1979~2005). 그의 모교 서울예술대학교 뒷산에는
  친구들이 심은 목련 한그루가 있다.

시론
P시인 생각

죽은 시인들의 정원에서, 저명한 칠레 시인이
자작시를 읊으며 내게 물었다

"저 꽃은 벌거벗고 있는 거야?
　아니면 옷이 저것밖에 없는 거야?"

나는 이층 테라스에서
죽엽청주를 마시고 있던
대머리 시인에게 가서 물었다
그가 말했다

"나도 지금 막 왔는데 그걸 어떻게 알아
　호텔 주인한테 가서 물어봐"

주인은 또 어디 있는가?

제 3 부

해방촌

눈에 익은 별이 보이는 방향으로
창을 내고
정거장 가까운 쪽으로
문을 달았다

해방되던 해에 넘어와서
쭉
이러고 살았다

당신이 먼저 왔어도
다르지 않았을 것이다

소나무 숲에서

1
어떤 문학잡지 권두 화보에 두장의 소나무 숲 사진이
실렸다고 합시다.
윤제림이 다음과 같은 문제를 내놓으며,
정답자를 뽑아 상을 준다고 합시다.

"왼쪽 것은 오늘 새벽에 찍었고,
오른쪽 것은 어제 새벽 풍경입니다.
언뜻 똑같아 보입니다만, 차이가 여러군데입니다.
서로 다른 부분을 찾아내보시오."

2
응모 기간 내내 담당자에게 항의 메시지가 밀려 쌓일 것
입니다.
전화를 걸어 따지는 독자도 한둘 아니겠지요.

"똑같은 사진이다. 뭐가 다르다는 거냐?"

편집자도 반신반의, 이런 대답이나 할 것입니다.

"그러니까 퀴즈겠지요.
윤제림씨가 설마 거짓말하겠어요?"

3
다음 호에는 결국 이런 발표.
'정답자 없음.'

4
독자들 불만을 잠재우려면 윤제림의 문제풀이가 따라붙
겠지요.

"답을 맞히려면 '나무는 식물'이라는 고정관념을 버리
셨어야 합니다.
찬찬히 들여다보면 어제 얼굴이 아닌 나무도 있고,
슬며시 몸을 돌리려다가 화들짝 놀라는 나무도 보입니다.
어떤 나무는 이웃과 벌써 자리를 바꿔 섰고,
어떤 나무는 그새 프레임 바깥으로 나가버렸습니다.
그래도 못 믿으시겠다면

이 숲으로 오십시오."

5
저는 지금 경주 계림에서
천년 묵은 소나무 한그루가
한마리 소가 되어
수운 최제우를 태우고 가는 것을
보고 있습니다.

산수화는 본디

산수화는 인물화다, 산과 물은 배경에 불과하다
어느 구석엔가는 사람이

가거나 섰거나 앉았거나 누웠거나
떠가거나 흘러갈지니

화공은 산과 물을 그리자고 붓을 든 것이 아니라
나룻배에 누운 사공이 어찌나 게으른지
그물을 깁는 어부 내외의 하루해가 얼마나 긴지
어린 길손이 가야 할 길이 어째서 기막힌지
도인과 신선 들이 왜 심심한지
말해주고 싶은 것이다

심학규씨 먼눈이 머무는 먼바다에
딸 싣고 뜬 배가 어디만치 가는지 짚어주려고
조조 진영 위국 땅 백성들이
적벽싸움 앞두고 취해 울던 날
어디서 온 누구 슬픔이 더 큰지 들려주려고
붓을 잡는 것이다

이제 막 나루를 건넌 행인이 묵을 데를
함께 찾아보자고
삿갓 쓰고 막대 짚고 내려오는 중한테
흥부네 오두막을 얼른 가르쳐주자고
사방 삼십리를 다 보여주는 것이다

구름의 안부를 전하려고
기암절벽을
겨울새의 가난을 걱정하며
눈 쌓인 구절양장을
청춘의 무지를 가려주려고
간지러운 봄 햇살을

더 좋은 세상 입구를 찾아보라고
복사꽃 언덕을
그리는 것이다

나는 그렇게 들었다

엎드려 입 대고 마시고 싶도록 맑은 물
가을 물에 버들치 갈겨니
또 무엇무엇 얼룽얼룽
제 그림자 들었다
놓았다 하며 노는데

동자개 모래무지랑 그 동무들이랑
얼굴 감췄다
내놨다 하며 노는데
그러니까 버들치 갈겨니 동자개 모래무지
햇살 스크린 속에서 동영상을 만들며 노는데

중늙은이들 몇이 다리 위에서
물속 주인들 손가락으로 좇으며
웃고 떠든다
"햐, 고기 많다"

이 말 끝에 동자개 한마리
멈춰 서서 고개를 쳐든다

"어이 거기, 시방 뭐라고 했어?"
여울 천장에 이마를 들이밀며
소리친다

"누구냐, 우리 보고 '고기'라고 한 놈
우리는 고기가 아니다
우리는 버들치 갈겨니 동자개 모래무지

말조심해라
우리는 아무거나 먹을 것으로 보지 않는다,
당신을 고기로 보지 않는다"

가을 속리산에서, 나는
그렇게 들었다

아까 그 사람들

인적 드문 해변, 외딴 식당에서
그녀와 내가
묵묵히 해물탕을 먹는 동안
저만치 떨어져 앉은 중년 남녀는
말없이 아귀찜을 먹고 있었다

그녀가 내게 속삭였다
"아까 그 사람들이네"

몇번인가, 양쪽의 시선이
부딪쳤다
연속극 재방송을 보던 주인의 눈길도
아주 잠깐씩 두 식탁을
번갈아 오갔다

그녀와 나는
더욱더 조용히
해물탕을 먹고
중년 남녀는

아까보다 훨씬 더 점잖게
아귀찜을 먹었다

저쪽 여자가 남자에게 귀엣말을 했다
"아까 그 사람들 맞아"

바람에겐 안됐지만

어린 날의 내 사랑이 저러했으리라
실성한 듯 머리를 풀어 헤치고 달려오는 바람
다치고 싶지 않으면
비켜라 물러서라 소리치며
경마장의 말처럼 달렸으리라

다행히도, 실없는 소년 급하고 위태롭기가
구급차나 불자동차 못지않음을 알아본 사람들이
일제히 비키고 물러서주어서
나는 늦지 않고
당신에게
도착할 수 있었으리라

물론 모두가 나를 순순히 보내주진
않았을 것이다

저 바람의 목적지는 어디였을까
벌써 예닐곱 고을을 할퀴고 와서는
삼사백리는 더 치고 나갈 듯이

눈을 부릅뜨고 용을 쓰는 것을
뒷산 대숲이 겨우
재웠다

대나무들이 애썼다
바람에겐 안됐지만

정원이의 스케줄

우리는 이제 102동 304호 정원이의
스케줄을 모른다

동무가 와서, 정원아 정원아 소리쳐 부르면
베란다에서 목을 길게 빼고,

"나, 오늘은 유치원 갔다가
외할머니네 가야 돼
네시쯤 올 거야,
그때 보자"

날마다 같은 시간에
온 동네가 알아들을 만큼 큰 목소리로
친구의 스케줄을 묻고
쟁, 쟁, 쟁…… 제 동선(動線)을 알리던
어린 동무들의 대화가
들리지 않는다

우리는 못내 궁금하다,

정원이와 친구의 행방이
벌써 그립다,
막 내린 드라마 주인공들처럼

귓속을 환히 밝히던 실로폰 소리
정원아 정원아
아침 햇살이 반듯이 퍼질 때면
친구가 되어 외쳐보고 싶은
정원아 정원아

순례자들을 위해 발코니에 모습을 드러내는
바티칸의 교황처럼
시간 맞춰 나타나던 정원이와
징원이 친구의 얼굴이
보이지 않는다

우리는 이제 정원이의 스케줄을 모른다

딴 세상과 거래할 일이 있거든

딴 세상과 거래할 일이 있거든
이런 날에 해야 한다
천국이 망했는지
이승 저승 통일이 가까웠는지
세상 지붕이 형체도 없이 무너지는 날,
큰눈 오시는 날

천상의 기관원들이 희망도 절망도 아무 데나
묻고 덮고 흘리며 던지고 지나갈 때,
귀신과 도깨비 들이 싱겁게
아이들 목덜미나 간질이며 시시덕거릴 때,
염라국 고관과 용궁의 별주부가
눈싸움을 하고 있을 때,
평양 건달이 엉터리 무당 짓으로
배뱅이 넋을 불러내고 있을 때

딴 세상과 거래할 일이 있거든
이런 날 해야 한다

평복 차림으로 내려온 하느님이

창식이네 뒷간에

앉아 계실 때

매화야, 너는 어이

내가 중앙역으로 가든 안 가든
날마다 나를 향해
달려오는
77번 버스처럼

건너갈 사람이 몇이냐 묻는 법도 없이
외딴섬 이름 하나 부르며
늙어가는
여객선처럼

내가 여기 있는지 없는지
아직 혼자 지내는지 어쩐지
물어보지도 않고
와서는

매화야, 너는 어이

한점 의심도 없이 나의 창을
타고

넘어
오느냐?

그 새끼, 말 참 이쁘게 했다

벚꽃으로 유명한 항구도시에 하사관학교가 있었다
연병장 끝은 바다,
사방이 온통 벚나무 천지였으나
꽃은 아직 멀리 있었다

꽃을 찾는 마음으로
우리는 해풍과 흙먼지 속을
별이 뜨도록 기었다

"귀관들 무릎과 팔꿈치에
벚꽃이 피면, 오늘 훈련 끝이다

자, 봄 마중 가자
푸른 바다를 향해……
포복 앞으로!"

한겨울에도 꽃을 피우던 사람
하사관학교 교관 김중사,

그 새끼…… 말

참

이쁘게

했다

주의와 협조를 당부함

더는 못 참겠다, 목구멍 깊은 곳에서
피도 좀 묻히고 작정하고 나온
화염(火焰)의 언어가
마음먹은 데까지 온전히 가닿았다면

그 소리가 지나던 길에
앉고
서고
눕고
걷고
뛰고
달리던
다른 말과 노래와 울음 들이

냅다 엎드리고
목을 움츠리고
다리를 오므리고
물러서고
비켜서고

멈춰준 까닭이다

새들도 분명
평소보다 높이 날았다

그러니까, 세상 모든 사랑의 말들은
예외 없이 비상등을 켜고
사이렌을 울리며
달리는 것이다

톰처럼 주디처럼

비가 다 왔을까, 나는 지금
런던 근교에 사는
톰처럼 주디처럼
창밖으로 고개를 내뽑고
검은 구름떼가 느릿느릿 물러나는 하늘에서
푸른 바지 한장을
찾고 있다

비 다 왔구나, 나는 얼른
먼 나라 속담을 곧이듣고
우산도 없이 집을 나설 것이다
톰처럼 주디처럼
푸른 바지를 다려 입고
너를 만나러 갈 것이다

하늘은 여태껏 옛날 방식이라서
나는 아직
중학교 영어책
『톰 앤 주디』가 가르쳐준 문장을

믿는다

"검은 구름 틈으로
바지 한장 크기의 푸른 하늘이 보이면
날이 갠다"

바지 한장 크기의 푸른 하늘을
믿는다
그걸 믿는 너도
나를 향해 오고 있을 것이다

맨손체조

팔 벌려 하늘을 우러르고
허리 굽혀 절하고
사방팔방으로 눈을 맞추는
맨손체조는

인간이 모른 체 지내도 괜찮은 존재가
천지간에 하나도 없음을
잊지 않으려는
몸짓이다

태초에 인간과
삼라만상이
서로의 신원을 보증해주기로 한
약속이 있었음을
거듭 확인하려는
노력이다

대부분의 인간은
창도 칼도 들지 않은

맨손임을
보여주려는
뜻이다

어린이날에

일본에서 크는 어린 손녀를 생각하며
일력(日曆)에다
이렇게 써넣었습니다

── 시연이가 행복한 날이길

느낌표를 찍으려다 말고 손녀 이름 곁에
끼움 표시를 하고
몇자 더 적었습니다

── 시연이와 그의 친구들
　　모두!

내 손녀가 행복하려면
내 손녀와 함께 살아갈
지구 위의
어린이가
전부 다
행복해야 한다는 것을 하마터면

잊을 뻔했습니다

제 4 부

백년 여관에서

온천욕탕 미닫이를 밀고 나오는데……댓돌 위에,
내 신발 옆에

뱀!

나의 손짓발짓에 주인은 천천히 턱짓을 하고
빗자루를 든 늙은 사내가
조금 잰 걸음으로
복도 끝 모퉁이를 돌아갔다

짐작건대 저 사내는
고객 준수 사항을 우습게 아는
장기 투숙객한테
또 한번 주의를 주러 가는 것이다

─ 알아요, 당신…… 하지만 제발 그런 차림으로
  불쑥불쑥 나오지 마세요, 그 사람 오면
  일러드릴 테니

소설가 나쓰메 소세키가 병든 몸을 달래던 곳
이즈(伊豆)의 기쿠야(菊屋) 여관,
뱀이 사람처럼
앉아 있었다

백년 된 여관답게

산불 이후

산도 집도 밭도
홀랑
끄슬러놓고 달아난 봄처럼
기해년 여름은
노인의 속까지 까맣게 태우고
가버렸다

하늘은 언제 저렇게 높이 올라갔을까

가을 산도 일이 없고
노인은
진작 말을 잊었다

하느님한테 맞으면
불한당에게 맞은 것보다
몇곱절 더
아프다

밤의 공제선

앞산 제일 앞줄과 맨 끝줄의 나무들이
어둠 속에서도
정체가 드러나는 나무들이

들어서며 나앉으며 비키며 물러서며
서로의 자리를 바꾸며 내주며
분주히
비탈을 오르내리고 있다

요즘 들어
저들도 생각을 달리하고 있음이
분명타

밤낮
하늘과 내통해온 자들
아닌가

곧
무슨 발표가 있겠다

태풍 19호*

무서운 놈이 온다, 온 세상이 떨었지만 그는
생각보다 순했다

길을 막거나 덤벼드는 것은
뭐든지 패고 두드리고
깨고 부수고
날려버려라
그저 공평히,
치고 나아가라 배웠을 텐데

그는 천성이 모질지 못했던 게다

장차 어느 하늘이
그에게
공작(工作)을 맡기랴
누가 또 임무를 주랴

그의 앞날이 걱정이다,
불쌍한

19호

.

오래 걸릴 것이다
친구 J교수의 정년퇴임 문집에

'조여청사모성설(朝如靑絲暮成雪)'

이태백씨의 시 한줄 이해하는데
오십년 걸렸다

아침에 푸른 실 같던 머리
저녁이 되니 흰 눈!

석조관 옆 우체국 벤치에서 잠깐 졸다 깼는데
『구운몽』의 시간이 흘러갔다

아희야, 술통 지고 따라 오너라
저 건너 버드나무 그늘로 가자

미당 선생한테 시제(詩題)도 하나 받아서
붓과 먹과 종이 넉넉히 준비해 오거라

오래 걸릴 것이다

절경

만학천봉(萬壑千峰)이

나

하나를

보고 있다

나귀를 돌려보내야겠다

모자도

신발도

이런 날은

이런 날은 박물관 직원도
왕릉 앞 편의점 아르바이트 청년도
자리를 차고 일어나겠네
고속버스에 앉아 있겠네
나 같아도 그러겠네, 이런 날은

표 파는 사람 어디 갔냐,
매표소 줄은 자꾸 길어지고
캔커피 아이스크림 다 들고 가도 모르겠네
아무도 없어요, 문은 쾅쾅 닫히고
전화벨은 울릴 테지만
이어폰 꽂은 귀에 무슨 소리가 들리겠어

이 고얀 것들을 찾아라,
소리치다 지쳐서
박물관장이 표를 팔고
찾다가 지쳐서
사장이 계산대에 앉을 시간

동편 서편 햇살이 나제통문 국경을 넘어
합창을 하고
이편 저편 바람은 섬진강 나루에 모여
손뼉을 치겠네

절아, 동환아 우리도 가자
찬호도 부르자
삼각김밥도 없고 에밀레종도 없는 가게 문 닫아걸고
우리도 가보자
이런 날은

지킬 것도 없는 가게 문 닫고 여행을 가자

영승이랑 문재도 부르자

윤슬을 보며

누가 참 오래 울고 있고나,
상류에서

지난날의 내 울음도
어디만치
흘러가서 저렇게
반짝이고 있을 것 아닌가

부끄럽고나,
조강(祖江)* 포구 숭어 그물에도
걸려 있을

내 마음의 비늘

* 한강과 임진강이 만나서 서해로 드는, 김포군 월곶면 일대의 강
  물을 이름.

오래된 직업

이번에도 수로부인의 주문일까

머리가 허옇게 센 노인이
붉은 꽃다발
높이 치켜들고
지하철
계단을
오른다

아득한 벼랑의 꽃

노인은 지금
신라에서 오는 길이다

영랑호에서

폐사지(廢寺址)에서 자고 온
외국 구름이

속초고등학교 상공에서 느릿느릿
뒷걸음을 하고 있다

누가 붙잡는 모양이다

서둘러 새벽길을 나선 진나라 구름은
초나라에 닿았을까?

구름은
교우관계 남녀관계가
복잡하다

양

내 단골 이발소는 지하상가 개척교회 옆

거울 너머에서
찬송가가 들려왔다

빗과 가위를 든 손이 머리를 쓰다듬으면
스르르 잠이
왔다

양떼 가운데 내가
있었다

천치와 백치

눈이 많이 온다

매화나무가 매화나무를 벚나무가 벚나무를
배롱나무가 배롱나무를 알아보지 못한다

너, 누구냐 그러는 너는
누구냐 누구냐

천지간에 질문만
천치 백치 天痴 白痴
천치백치

내려 쌓인다

하지(夏至)

춘향과 이도령의 오리정 이별이
저러했으리라

하직 인사가 너무
길다

졸곡(卒哭)

"그만 울자, 우리……"
매미들이 제일 먼저
상복을
벗어 던졌다

나무들도 천천히 옷을 갈아입고 있다

국상(國喪)이 끝났다
가을이다

대설

　천지사방 멋대로 피던 꽃들이 동서남북 제각각 피던 꽃
들이
　아무 때나 철 없이 피던 꽃들이

　겨울날 하루를 받아서

　일시에 일색으로
　피어나기로 약속을 했다지요

　그날이 오늘이랍니다

지구인

한때 같은 별에 살았다는 이유 하나로 우리는 지금
바싹 붙어 앉아 있다
두 손을 꼭 붙들고.

오늘 처음 본
사이에!

'지나가는 사람'이 알아들은 사랑의 말들

김수이

1. 놓친 말들과 사랑, 시의 무한한 원천

기억이 시간을 거슬러 '나'의 경험의 세계를 되살리는 일
이라면, 상상은 '나'의 경험 너머의 세계를 새로운 시공간과
함께 창조하는 일이다. 기억과 상상은 본래 서로 넘나들지
만 윤제림의 시에서 둘은 함께 작용하면서 현실을 드러내는
동시에 드넓게 한다. 사라졌음에도 여전히 존재하고, 오지
않았음에도 이미 싹튼 현실까지를 지금-여기에 펼쳐놓는
다. 그 바탕에는 시인이 불교를 통해 체득한, 고정된 실체 없
이 변화하는 삼라만상의 무상성과 그지없이 복잡하게 얽혀
순환하는 만물의 연기론적 세계관이 깔려 있다.[1] 윤제림은

---

[1] 윤제림 시의 불교적 세계관에 대해서는 이홍섭의 논의가 자세하
다. 이홍섭 「화엄세간(華嚴世間)과 사람의 저녁」, 『그는 걸어서 온
다』 해설, 문학동네 2008, 107~124면.

'나'의 주체성이나 행위성(작위성)에 대체로 무심하다. "우주의 관객"(「우주의 관객」, 『편지에는 그냥 잘 지낸다고 쓴다』, 문학동네 2019)을 자처하면서 조용히 듣고 묵묵히 지켜보는 일에 자신을 오롯이 쓰고자 한다. 주변에서 일어나는 "모든 사랑의 동작들"(「수몰(水沒)」, 『새의 얼굴』, 문학동네 2013)을 놓치고 싶지 않은 까닭이다. 사랑을 놓친 일이 얼마나 깊은 회한으로 남았던지 윤제림은 그 일을 여러차례 다른 기억-상상의 풍경으로 쓴 적이 있다. "또 한 생애엔,/낙타를 타고 장사를 나갔는데, 세상에!/그대가 옆방에 든 줄도/모르고 잤습니다./명사산 달빛 곱던,/돈황여관에서의 일이었습니다."(「사랑을 놓치다」, 『사랑을 놓치다』, 문학동네 2001) 놓친 사랑의 회한을 달래며, 끝내 애달파하며 시인이 기댄 것 역시 연기론이 약속하는 미래의 전망이었다. "틀렸다, 이제 다시 쓴다.//아무것도 못 잊으니까 꽃도 핀다/아무것도 못 잊으니까,/강물도 저렇게/시퍼렇게 흐른다."(「강가에서」, 『사랑을 놓치다』)

윤제림은 기억과 상상에 통찰을 덧입히는 방식으로 눈앞의 장면 위에 또다른 장면들을 계속 열어가면서 삼라만상의 끝없는 흐름을 따라간다. 한순간도 한곳에 머물지 못하고 끝없이 변해가는 만물의 무상성은 무한성을 내포하고 실현한다. 윤제림 시의 "풍경은 규정할 수 없는 '무한'의 편에 있"고, "힘없고 연약한 얼굴들"은 "가늠할 수 없음"[2]을 현시

2) 이광호 「풍경과 얼굴」, 『새의 얼굴』 해설, 109면과 116면.

하면서 '나'에게 이미 연결된 존재의 윤리를 일깨운다. 윤제림이 "만물에 깃든 어떤 존엄의 감각"으로서 "평등의 감각에 특히 예민"[3]한 것 역시 삼라만상의 무한 자리바꿈의 섭리를 잘 알고 있기 때문이다. 늘 변한다는 것은 무엇이든 될 수 있다는 뜻이며, 고정된 실체 없이 텅 비어 있다는 뜻이다. 이를 자각한 시인은 '나'가 흩어져 사방에 편재하는 우주적 스케일의 현실을 살아간다. 이 거창하고 거대한 일을 윤제림은 매우 소박한 일상의 방식으로 해낸다. '나'의 고유성이 만물의 전체성 속에 녹아 흐르는 윤제림 시의 시공간은 구체적인 역사와 생활사 속에서 탄생한 실물들의 세상이다. 그는 '미미의 집'에서 '황천반점'까지, 봉양역에서 사월의 한라산과 오월 광주까지, 장갑 한짝을 잃고 울던 어린 '나'에서 한국에서 일하다 손목이 잘린 스리랑카 노동자에게까지, 심지어 이승에서 저승의 문턱까지 느릿느릿 걷고 또 걷는다. 이 길은 "시를 불러주는 이웃"[4]들의 말을 받아쓰는 부정확한 필사(筆寫)의 길이며, 놓친 사랑의 후생(後生)들을 유한한 삶 속에서 잠시 만나는 애틋한 재회의 길이기도 하다.

놓친 말들과 사랑은 '나'의 삶에 공백으로 남았으나 시의 편에서는 없음 자체로 무한한 생성의 자원이 된다. "놓치는

---

3) 송종원 「떳떳한 슬픔의 얼굴」, 『편지에는 그냥 잘 지낸다고 쓴다』 해설, 110면.
4) 윤제림 「이명(耳鳴)을 생각함」, 육필 시집 『강가에서』, 지식을만드는지식 2013, 190면.

소리가 많아서, 잘못 알아듣는 말들이 많아서 나는 아직도 시인이다."[5] 그 무엇도 홀로 존재하지 않고, "소리치면 다 들리는 곳"(「소의 얼굴」)인 우주는 삶의 필연인 '놓침'(상실, 이별, 엇갈림, 오해, 실수, 실패 등)을 통해 만물을 더 간절히 연결한다. 이 섭리를 엿본 시인은 놓친 말들과 사랑의 무수한 변신을 매일의 삶에서 만난다. 모자란 것, "겨우 움직이는 것들", 평범한 사물들과 "먼 데서 온 사람들" 등 "내 시의 점포(店鋪)는 그런 이름들로 붐빈다."[6] 여덟권의 시집을 출시하며 어느덧 40년에 이른 이 노포(老鋪)의 서사를 주인은 단 한줄로 간추린다. "결국은 사랑 이야기다."[7] 제천이 낳고 인천이 길렀다고 자신을 소개하는 윤제림은 장소의 로컬을 넘어 존재론적 차원의 로컬을 시에 구현한다. 세월을 머금고 한결같은 신실함을 전하는 윤제림 시의 점포는, 놓쳐서는 안 될 말들과 사랑을 놓쳐본 사람이라면 그냥 지나칠 수 없는, 마음이 아리고도 따뜻해지는 장소다.

2. 시차와 오차 없이 알아듣기는 어렵지만

'알아듣다' '알아보다' '알아차리다'는 윤제림이 특히 소

5) 앞의 글, 191면.
6) 「시인의 말」, 『그는 걸어서 온다』, 125면.
7) 앞의 글, 126면.

중하게 여기는 시어들이다. '나'의 존재가 재편되는 시적 순간을 위한 이 어휘들은 불교적 색채를 지니고 있으며, 이번 시집에도 중요하게 등장한다. 윤제림은 '알아듣다'와 '알아보다'를 주로 쓴다. 불교의 수행에서 '알아차리다'가 관찰자의 자리(본래의 텅 빈 자아, 현대 학문에서는 '순수의식'이나 '배경자아'라고 부른다)에서 삼라만상의 실상을 깨닫는 행위라면, 윤제림 시의 '알아듣다'와 '알아보다'는 알아차리는 일의 한 형태로 어떤 존재도 '나'와 무관할 수 없음을 인식하고 그들에 공감하는 일을 뜻한다. 모든 것이 인연에 의해 일어나고 스러지며, '나'의 생사윤회는 '나'의 업(業)에 의한 것이라는 연기론의 세계관이 그 속에 깔려 있다. 따라서 윤제림은 인간과 자연은 물론 사물들의 목소리도 알아듣기 위해 공을 들인다. 가령 김연수 명창이 판소리 한바탕을 "고수(鼓手) 팔도 아플 것이오,/김연수 목도 아플 지경이니/어질더질"이라고 끝맺은 것을 일러두기 삼아 민주(民主)를 향한 역사의 목소리를 알아듣는다. "남산공원 백범 동상이 비슷한 이야기를 하는 걸 들었다//"누가 날 좀 지상으로 내려다오/나를 올려다보는 사람들 목도 아플 것이오,/김구 팔도 아플 지경이니""(「시민 김창수씨」). 시인은 "버들치 갈겨니 동자개 모래무지" 등의 뭇 생명과 죽은 시인의 말도 또렷이 알아듣는다. ""말조심해라/우리는 아무거나 먹을 것으로 보지 않는다,/당신을 고기로 보지 않는다"//가을 속리산에서, 나는/그렇게 들었다"(「나는 그렇게 들었다」), "백석이 내게 물었다//"모닥불에/안 들어가는 거이/무어 있갓네?""
(「맷돌과 모닥불」). 시인이 마음으로 알아듣는 말은 마음으로
알아보는 풍경과 어우러져 이 시집을 고요한 충만으로 이끈
다. "저는 지금 경주 계림에서/천년 묵은 소나무 한그루가/
한마리 소가 되어/수운 최제우를 태우고 가는 것을/보고 있
습니다."(「소나무 숲에서」)

　정교하게 연결되어 있으면서도 각자의 길을 가는 존재들
은 무수한 궤적을 그리며 이합집산한다. 다시 말해 '너'와
'나'의 연결 의식과 공감에는 크고 작은 시차가 필연적으로
존재한다. 같은 곳을 '나'는 '너'와 자주 다른 시간에 지나가
고, '나'가 '너'를 만나는 시간에 '너'는 이미 그곳에 없거나
아직 돌아오지 않고/못하고 있다.

　　　1

　스물다섯살, 카피라이터 일할 때 농약 광고 많이 만들
었지. 아직도 잊히지 않는 상표 ── 고올, 키타진…… 배
추 한포기 키워보지 못한 사람이 흰소리를 막 했다네. 잡
초와 해충을 말끔히 없애준다고, 일등품 수확을 약속한다
고. '밝아오는 농어촌' 그런 프로에 날마다 광고를 했네.
박수를 받았네, 카피 잘 쓴다고.

　　　2

　　(…)

"우리에게 약 먹인 자가 저기 간다"
저무는 국도 변 저수지 둑길
늙은 전답, 검버섯 들판이
목덜미를 잡네

여전히 농약병 구르고 검은 비닐 날리는
농수로 다리 위에 차를 세우고
나, 참회의 문장을
땅에다 묻네

용서하십시오, 죽는 약인 줄 몰랐습니다
나도 죽는 줄 몰랐습니다
　　　　　　　　　　　　─「스물다섯살을 반성함」부분

　스물다섯살 때 촉망받는 카피라이터였던 '나'는 "잡초와 해충을 말끔히 없애"주는 농약 광고 문구를 쓰며 "밝아오는 농어촌"을 약속했다. 현재 그 농어촌에 남은 것은 "농약병 구르고 검은 비닐 날리는/농수로 다리"와 생태계의 순환이 무너진 "늙은 전답, 검버섯 들판"이다. 이 시에서 '스물다섯살'은 서툴고 철없던 청춘을 의미하지 않는다. 무지와 열정과 재능이 합세한 개인사의 오점이자, 더 많은 생산을 위해 생태계를 말살한 현대문명의 폭력성을 함축한다. 젊은 시절에 윤제림이 "일등품 수확을 약속한다"며 열성적으로 펜을 휘두른 것은 "죽는 약인 줄 몰랐"고 "나도 죽는 줄 몰랐"기 때문이다. 몇십년이 지난 지금, 시인은 "참회의 문장을/땅에다 묻"는다. 한때 자신의 생업이 "밝아오는 농어촌"이 아니라 죽음의 땅을 부르는 일이었음을 자인하면서. 황혼기에 접어든 시인은 비로소 잡초와 해충과 전답과 들판의 말을 참담한 심정으로 알아듣는다. "우리에게 약 먹인 자가 저기 간다".

편지 잘 받았네…… 공연히 고생만 시키는 것 같아서
미안하네. 어른의 한 사람으로서 사과하겠네.
……그러나 나 역시 꼰대.
편지는 안 읽고
자꾸 교정을 보네그려. 이런, 이런……
맞춤법 띄어쓰기 좀 유의하기를……

……아, 그러나 이건
차마
틀렸다 못하겠네

"……일해라 절해라 시키기만 해요."

나쁜 사람이군.

'이래라 저래라' 방법도 방향도 이르지 못하면서
'일해라' '절해라' 명령만
되풀이하는 그 사람.

—「김군에게」 부분

　다른 이의 말을 흘려듣고 뒤늦게 알아듣는 잘못은 주로 '나'의 입장에(만) 충실할 때 일어난다. 자연의 명징한 말도 그러한데, 인간의 모호한 말은 더 말할 것이 없다. 개인차와 세대차, 가치관과 역할의 차이 등으로 천차만별인 사람들은 서로의 말을 얼마나 이해하고 있을까. 윤제림은 「김군에게」에서 이 난제를 유머러스한 반전으로 풀어낸다. 잘못 알아들은 '오류'가 진정한 이해의 씨앗이 된 일화를 통해서다. 불통과 소통, 갈등과 공감은 듣는 사람의 마음가짐에 따라 뒤바뀔 수 있다. 이 시에서 맞춤법(질서, 관습)을 중시하는 기성세대인 '나'는 '김군'의 편지를 읽으며 내용보다는 틀린 글자들을 교정 보기에 바쁘다. 이른바 '꼰대력'이 상승하는 중인데, 김군의 기상천외한 맞춤법에 화들짝 놀란 '나'는 "어른의 한 사람"으로서 김군을 "공연히 고생만 시키는 것 같아서" 미안한 마음마저 금세 잊는다(시의 정황상 '나'는 김군의 취업에 도움을 준 것으로 보인다). 그런데 "이래라 저래라"를 "일해라 절해라"로 쓴 김군의 맞춤법 오류는 "'이래라 저래라' 방법도 방향도 이르지 못하면서/'일해라' '절해라' 명령만/되풀이하는" 기성세대의 무능과 무책임,

권위적인 태도를 난타하는 뜻밖의 촌철살인이 된다. 어느새 '나'는 편지 내용 속 행간과 김군의 입장을 읽는다. 상사의 '이래라 저래라'를 '일해라 절해라'로 알아들은 김군의 오해-이해는 더없이 정확하고 적확한 통찰이었다. 시는 김군에게 보내는 '나'의 전폭적인 공감과 응원으로 마무리된다. ""……그 사람한테 말했어요. 저한테 함부로/일해라 절해라 하지 마세요."//잘했네, 김군/(…)//일도 절도/자네가 주인이라네."

3. 지나가는 사람, 우주의 엑스트라

이번 시집에서 윤제림은 우리 사회가 잃어버린 것들과 먼저 세상을 떠난 이들의 말을 아프게 경청한다. 세월이 흘러도 변함없이 지켜야 할 것이 있기 때문이며, 시간이 흐르면서 모든 인간에게 다가오는 소멸의 숙명을 겸허히 받아들이고자 하기 때문이다. 만해를 기린 시에서 그는 '잃어버린 소'에 빗대어 오늘의 우리가 백년 전보다 "열가지 백가지를 잃고" 살고 있음을 개탄한다. 세상의 변화 속에서도 잃지 말아야 할 "수줍음과 부끄러움"을 잃었고, "사람과 하늘을 섬기는 법"까지 잃었으며, 자연 그대로의 맑은 "산빛 물빛"도 잃어버렸다는 것이다.

선생님, 백년 전 우리가 잃은 것은 나라 하나였는데 오늘은 열가지 백가지를 잃고 삽니다. 가난만 잃었으면 좋은데 수줍음과 부끄러움을 잃었습니다. 갓과 두루마기만 벗어놓은 줄 알았는데 사람과 하늘을 섬기는 법까지 두고 왔습니다. 풍진 세월의 낯빛은 변함없는데 산빛 물빛은 날아가고 흘러갔습니다. 우리가 이 먼 객지로 나온 다음 날 소들은 더 먼 외지로 떠나갔습니다.

—「소의 얼굴」부분

순수와 염치, 인륜과 천륜, 생명의 근거인 자연마저 데리고 '소들'은 "더 먼 외지로 떠나"가고 있다. 잃어버린 소를 찾는 '심우(尋牛)'의 길은 개인을 넘어 사회적이며 인류 전체의 문명사적인 과업이 되었다. 그러나 우리는 그 소들을 찾지 않고 점점 더 "먼 객지"를 떠돈다. 시의 말미에서 시인은 잃어버린 소들의 이름을 하나씩 부르며 만해에게 간절히 묻는다. "선생님 말씀처럼, 우주는 소리치면 다 들리는 곳! 백 사람 천 사람이 외치면 저 들판 끝 어디선가 우우우, 우리가 두고 온 소떼가 나타날까요?" 질문보다 비원(悲願)에 가까운 이 말은 우주 만물의 연결에 대한 믿음을 바탕으로 "백 사람 천 사람"이 함께 행동할 것을 우회적으로 촉구한다. "우리가 두고 온 소떼"가 커다란 함성이 된 사람들의 말을 알아듣고 돌아오기를 바라면서.

인간은 저마다의 삶의 주인이지만 우주의 관점에서는 모

두 "지나가는/사람"(「백일홍」)이며 엑스트라다. 살아 있는 동안 삶에서 죽음으로 한 방향으로만 갈 수 있기에 더욱 그렇다. 살아 있는 자에게 죽음은 피할 수 없는 두려움이자 궁극의 미지다. 예정된 일임에도 죽은 자들이 속한 "딴 세상과 거래"(「딴 세상과 거래할 일이 있거든」)하는 일은 곤혹스럽고 고통스럽다. 불시에 황황히 참여해야 하는 이 거래의 내막은 '나'와 주변 사람들이 실제로 죽는 일인 까닭이다. 죽음을 연습하고 미리 체험하듯, 시인들은 "딴 세상과 거래"하는 상상을 시 속에 다채롭게 펼쳐왔다. "천지간에 교신도 잘되"(「날이 장히 좋구나, 청아」)는 날에 '영혼의 통교(通敎)'를 도모해온 것이다. 이는 죽음과의 화해를 넘어 산 자와 죽은 자가 한데 어우러지는 또다른 삶의 현장을 여는 일과 삶의 시야를 연기(緣起)가 거듭되는 우주적 현실로 확대하는 일로 귀결된다. 기억, 애도, 소환, 못다 한 대화의 재개 등이 그 다양한 방법들로, 윤제림이 알아듣고 알아보는 일에 매진하는 이유가 여기에 있다. 그가 매일 보고 듣는 것들에는 삶과 죽음의 경계가 없거나 미미하다. 가령 "신경림씨는 요즘 지상에 놓고 간 자신의/시 속 풍경을 자주 드나드는 중"(「신경림씨의 근황」)에 있고, "평생 고려를 흥보던 소동파"는 "고려에 태어나서 금강산을 보기를"(「금강산 버스를 기다리며」) 바라는 마음을 전해온다.

기섭이가 학교 왔다

모여라, 그간에 무슨 일이 있었는지
물어보자

나무의 언어로 답할 테지만
알아들을 수 있을 것이다

기섭이가 학교에 왔다,
얘들아

—「목련꽃이 피었다」 전문

    요절한 시인의 친구들이 그를 기려 모교에 심은 목련나무에 꽃이 피었다. "기섭이가 학교에 왔다"는 뜻이다. 꽃 같은 나이에 죽은 시인은 "나무의 언어"로 말하지만, 친구들은 그 말을 다 알아들을 수 있음에 분명하다. 산 자의 언어와 죽은 자의 언어, 나무(자연)의 언어와 인간의 언어는 '사랑'의 힘으로 통역되기 때문이다. 윤제림은 "죽은 시인들의 정원"(「시론」)에 자주 들러 그들이 계속 전해오는 무언의 말들에 귀를 기울인다.

    이번 시집에서 윤제림은 신기섭 시인을 비롯해 자신이 사랑하는 이들의 이름을 부른다. '잃어버린 소들'의 이름을 부르는 심정과 같은 마음일 것이다. 전봉준, 김홍도, 추사 김정희, 파블로 네루다, 만해, 백석, 서정주, 신경림, 강민, 앨프리

드 히치콕, 폴란드 청년 보이티와(교황 요한 바오로 2세) 등
의 이름은 윤제림의 마음의 별자리처럼 시집 곳곳에서 빛난
다. 이 실명들은 윤제림이 평생에 걸쳐 작성해온 상실의 목
록이자 사랑의 목록이며, 시나 그림, 꽃과 나무 등의 다른 모
습으로 돌아오고 있거나 언젠가 돌아올 이들의 귀환의 목
록이다. 더불어 그가 익명이나 대명사로 부르는, 더 애틋하
거나 가까운 사람들이 있다. "백일도/못다 살고/가는/아이"
(「백일홍」), 그해 오월 광주에 "장씨 이씨 박씨 최씨"의 얼굴
로 "많이 오"신 '부처님'(「트럭을 타고 온 사람」), "내 인생행
로의 갈림길마다 길을 가리켜주던 중요한 인물"(「표표히 떠
나가는」), "먼저 가보고 좋으면 부를게"라는 약속을 지킨 '이
모'와 그 이모를 따라간 '엄마'(「이모는 약속을 지켰다」), 그리
고 널빤지 한장에 누워 법정 스님의 "마지막 장면을 흉내 내
고 싶은" '나'(「마지막 장면은 오래 남는다」).

　　알아들을 수 있는 말이면 좋겠다,
　　동행도 없으니

　　　　　　　　　　　　　　　　　　　　—「초행」 부분

　윤제림은 '지나가는 사람', 즉 우주의 엑스트라 역할에 충
실하면서 죽음의 말을 알아들을 수 있기를 바란다. 죽음 앞
에 모든 인간은 "동행도 없"이 홀로 가야 하는 "내남없이 초
행의 여행자들"(「초행」)이다. 한 사람에게 이보다 더 외로운

일은 없겠으나, 이보다 더 확실한 동일성의 공동체에 소속되는 일도 끝내 없을 것이다. 각자 홀로 다른 길을 가지만, 우주의 섭리로 보면 모두가 행하는 역할은 같다. 윤제림은 말한다. 우주의 '지나가는 사람'으로서 '나'의 본질을 자각하고 살아간다는 것은 너무도 엄청난 일이지만 또 아주 손쉬운 일이라고. 간단한 맨손체조로도 우주 만물과 연결되어 있음을 실감하고, 이 거대하고도 틀림없는 신뢰의 공동체에 참여할 수 있다고. 맨손체조의 진의를 알아차리기만 한다면 말이다. 윤제림이 먼저 알아챈 바에 의하면, 맨손체조는 "인간이 모른 체 지내도 괜찮은 존재가/천지간에 하나도 없음을/잊지 않으려는/몸짓이다//태초에 인간과/삼라만상이/서로의 신원을 보증해주기로 한/약속이 있었음을/거듭 확인하려는/노력이다"(「맨손체조」).

4. 결국은 사랑!

더는 못 참겠다, 목구멍 깊은 곳에서
피도 좀 묻히고 작정하고 나온
화염(火焰)의 언어가
마음먹은 데까지 온전히 가닿았다면

그 소리가 지나던 길에

앉고
서고
눕고
걷고
뛰고
달리던
다른 말과 노래와 울음 들이

냅다 엎드리고
목을 움츠리고
다리를 오므리고
물러서고
비켜서고
멈춰준 까닭이다

새들도 분명
평소보다 높이 날았다

그러니까, 세상 모든 사랑의 말들은
예외 없이 비상등을 켜고
사이렌을 울리며
달리는 것이다

—「주의와 협조를 당부함」 전문

"화염의 언어"로 달리는 "세상 모든 사랑의 말들"이 "마음먹은 데까지 온전히 가닿"기 위해서는 사랑하는 '나'의 노력만으로는 불가능하다. "다른 말과 노래와 울음 들"이 "물러서고/비켜서고/멈춰"주어야 하며, 새들도 "평소보다 높이 날"아야 한다. 사랑은 '나'의 의지와 실천을 넘어 다른 존재들의 "주의와 협조"가 꼭 필요한 일이다. 윤제림은 사랑이 한 존재의 주체적이고 독자적인 행위를 넘어 삼라만상이 함께하는 이타적이고 섬세한 협업임을 강조한다. 사랑에 관한 중요한 발견인 이 통찰은 사랑이 우주의 운행 원리이자 각 존재가 다른 이들과 끊임없이 협력하는 운동으로서 삶의 작동 원리임을 알게 한다. '윤리'라는 말로 설명할 수도 있겠으나, 윤제림에게 사랑은 존재의 윤리보다는 더 근원적으로 만물의 본성을 의미한다.

놓친 말들과 사랑은 지금도 어딘가에서 시차와 오차를 견디고 있을 것이다. 단 한번만 지나갈 수 있는 삶의 길에서 윤제림은 시차와 오차를 감내하며 상실과 죽음의 문제를 탐구해왔다. 이번 시집에서 그는 사랑이 국지적이고 일시적인 사건이 아니라, 우주 전체에 퍼져나가는 만물의 말이자 무언(無言)이고 날갯짓임을 '맨손체조'의 공력으로 절감하기에 이른다. 모두가 연결된 하나의 우주에서는 어떤 말과 사랑도 잠시 놓칠 수는 있으나, 영원히 놓칠 수는 없다. 이 우주에서 '지나가는 사람'인 '나'는 유한성의 한계를 무한한

가능성과 약속으로 다시 마음에 새긴다. 언젠가는 "마음먹은 데까지 온전히 가닿"을 것을 알기에, 혹은 믿기에. 현재의 '내'가 아닌, 다른 누구와 다른 무엇의 형상으로라도.

말할 것도 없이, 지금-여기를 충실히 살아가는 현실적인 삶의 태도는 중요하다. 윤제림이 우주적인 시야를 지향하는 것은 불교의 연기론을 설파하고 '초월'을 말하기 위함이 아니다. 삼라만상의 일원으로서 더 현실적이고 더 바람직한 삶의 자세를 찾아가기 위함이다. 찰나의 미물인 인간이 우주와 영원을 생각할 수 있는 것은 그 자체로 우주의 한 현상이며 역설이다. 하루를 온전히 살기보다 더 쉽고 편한 방법을 찾느라 삶을 허비하는 많은 현대인에게 윤제림의 시는 인간만의 자리를 다시 성찰하게 한다. 만물이 협력하여 '사랑'의 무한한 운동을 펼쳐나가는 우주에서 인간만이 그 사랑의 흐름을 '알아보고 알아들을' 수 있다는 것. 인간은 다른 존재와 똑같은 우주의 엑스트라이지만 '놓친 사랑'이 되돌아올 것을 아는 유일한 존재라는 것. 눈앞의 삶에 급급한 우리, 잃어버린 것에 집착하고 지나간 시간에 붙들린 우리에게 윤제림의 시는 다시 사랑의 "비상등을 켜고/사이렌을 올리며/달"릴 것을 청한다. 누가 알겠는가. 그렇게 달리다보면 '잃어버린 소들'을 찾을 수 있을지. 불현듯, 온 사방에서.

金壽伊 | 문학평론가

헌 기계는 가게로 가게에 있던 기계는
옆에 새로 난 쌀가게로 타락해가고
어제는 카시미롱이 들은 새 이불이
어젯밤에는 새 책이
오늘 오후에는 새 라디오가 승격해 들어왔다
— 김수영 「금성라디오」

이것이 저것을 저만치 밀치고,
오래지 않아 또다른 무엇이 와서
저 자리의 주인이 된다.
점입가경, 타락과 승격이 순식간이다.
폭포의 전율과 급류의 공포가 마을로 내려오고
꽃과 나무들조차 성실 근면의 미덕을 버렸다.
산신령이 집을 잃고
물귀신이 거처를 구걸하리라.

위태로워라, 사람의 자리.

멀리서 횔덜린이 말한다.
"근심하고 섬기는 일,
시인들에게 맡겨진 일이로다."

만신(萬神)과 손을 잡아야겠다.

시인과 무당은 이쪽저쪽 두루 통하는
우주의 엔터테이너.

할 일이 더 늘 것 같다.

2026년 입춘 즈음
남산 시옹암(是翁庵)에서
윤제림

창비시선 531

스물다섯살을 반성함

초판 1쇄 발행 / 2026년 2월 20일

지은이 / 윤제림
펴낸이 / 염종선
책임편집 / 이주원 박문수
조판 / 신혜원
펴낸곳 / (주)창비
등록 / 1986년 8월 5일 제85호
주소 / 10881 경기도 파주시 회동길 184
전화 / 031-955-3333
팩시밀리 / 영업 031-955-3399 편집 031-955-3400
홈페이지 / www.changbi.com
전자우편 / lit@changbi.com

ⓒ 윤제림 2026
ISBN 978-89-364-2531-9 03810